KB055990

코카서스 할아버지의 도서관

정우림

경기도 용인에서 태어났다.

2014년 『열린 시학』을 통해 시인으로 등단했다.

시집 『살구가 내게 왔다』 『사과 한 알의 아이』 『코카서스 할아버지의 도서관』을 썼다.

파란시선 0145 코카서스 할아버지의 도서관

1판 1쇄 펴낸날 2024년 8월 15일
지은이 정우림
인쇄인 (주)두경 정지오
디자인 이다경
펴낸이 채상우
펴낸곳 (주)함께하는출판그룹파란
등록번호 제2015-000068호
등록일자 2015년 9월 15일
주소 (10387) 경기도 고양시 일산서구 중앙로 1455 대우시티프라자 B1 202-1호
전화 031-919-4288
팩스 031-919-4287
모바일팩스 0504-441-3439
이메일 bookparan2015@hanmail.net

ⓒ정우림, 2024, printed in Seoul, Korea

ISBN 979-11-91897-83-8 03810

값 12,000원

코카서스 할아버지의 도서관

정우림 시집

시인의 말

소리에게 몸이 다가선다
눈에게 몸이 옮겨 간다

겹겹이 스며든다
서로 사귄다
소리와 눈이 마주 보며 떨린다

피어나는 순간과 휘발되는 순간 사이에
공간이 번져 간다

시가 사라질 때까지 시를 그린다

차례

제1부

펜로즈 삼각형

표정이 자주 흔들리는 문을 열고 들어간다

바늘에 걸린 물방울이 튀어 오르고

찌를 던지고 기다리는 것은 오히려 떨림

물의 심장이 되어 출렁이는 구름

수면의 셔터가 번쩍,

그늘이 없는 감정의 마디가 휘청인다

물의 각이 어긋날 때 물고기와

잠시,

만났다

헤어진다

수면이 찰랑

메아리 번져 간다

꽃의 유목

베옷을 입은 수의 한 벌의 몸이다

목마름으로 피었다 졌다, 수국은

꽁지 짧은 새가 숨어들고

다시 피어나는 꽃숭어리

한 고봉 수북한 밥이 보인다

끓어오르는 쌀알, 김 오르는 밥 냄새

쌀이 밥이 되는 순간처럼

새가 되어 날아가는 꽃

꽃이 되는 새

한낮의 꽃무덤, 따스하다

알 수도 있는 사람

무슨 생각을 하고 계신가요?

문을 열고 들어갈 때마다 받는 질문입니다
모르는 사람이 말을 걸어옵니다

비밀번호를 만들고
연락처를 삭제하고
다시는 만나는 일이 생기지 않도록
모른 척 지나쳐야겠습니다

누군가 나도 모르게 나를 지켜보나 봅니다
문을 열지 않고 들려주는 이웃집 소리
창을 닫고 블라인드를 내리고 싶습니다

그리운 친구들의 소식이 궁금하신가요?

친구의 친구 그 건너 친구의 친구는 물어봅니다
함께 놀지도 않고 함께 웃지도 않고
낯이 빨개지는 추억도 없는 친구가
친한 척 사귀자고 합니다

추운 나라와 더운 나라 사람의
웃음을 사랑해도 될까요?

숨어 있다가 매일 나타나는 사람은
사실 저입니다

친구의 친구와 나의 나를 조용히 삭제합니다

대공원 안에서

아이가 태어난다
어둠 속에서 달이 솟듯

둥근 울타리 안에서
아이가 자란다

잘린 나이테에
아이의 이름을 새긴다

아이의 유목은
원 안에서 맴맴 돈다

원형경기장에서
아이가 축구를 한다

멀리 도망가지 못하는 공
아이의 주위를 굴러갔다
다시 돌아오고

기린과 사자와 앵무새가

공원을 배회한다

아이가 꽃을 만지고
엄마는 아이를 찍는다

서로를 구경한다
커다랗고 둥근
대공원 안에서

불타오르는 기타

고음과 저음 사이에서 뛰노는 소리들
악기는 마지막 연주를 한다

여행을 떠나는 손에는
물기를 털고 날아오르는 깃털의 추억과
묻지 못한 음정이 담겨 있다

팽팽한 시절을 놓친
줄과 줄이
하나하나
끊어지고 있다

외마디 숨소리가 들린다
찢어지고 흩어지며 날아가는 소리들의 압화

아궁이 안에서 연주가 시작된다

파다닥파다닥 날아오르는 날갯짓
죽기 전까지 노래하는
이슬의 옷자락으로

찬바람의 매무새로   —

손톱을 닮은 새가
골짜기로 돌아오는 저녁에

—

흔들리는 집

—

집을 짓는다
아무도 닿을 수 없는 가지와 가지 사이에

위태롭다,
손닿을 거리는

깃털 같은 길이를 달고
꽁지에 불을 지핀다

삐걱이는 창문과
너의 의도와 나의 우연과
구름의 어깨와 육각의 잎사귀들

맞아, 이거야
숨 쉴 틈이 보이는 빽빽한 흔들림
부리로 물고 날아오르던 날들의 가벼움

설계자 없는 설계
중심이 비어 있는 형태와 균형감

—

우리는 서로 마주한 가지와 가지 사이에서
더 이상 휘지 못하고
송곳 같은 발톱으로
가지에 매달려
집을 짓는다
공중에,

흠집의 씨앗과 바람의 못과 금이 간 눈송이가 쏟아지는
나무 꼭대기에,

이불과 수건

이불이 보드라운 속내를 드러냈다

땀과 꿈의 얼룩을 씻어 낸 모서리가 닳았다

바느질 따라 골 진 정방향의 끊어진 무늬들

해졌다고 버릴 순 없었다

아기는 이불 속에서 자랐다

오래 배어든 잠의 손길과 옹송한 발치

젖내와 오줌 냄새와 쪼그만 얼룩은 이불의 사계절

첫돌 이름이 새겨진 수건이 이불의 모서리와 맞닿았다

아기의 서늘한 꿈자리를 잘 덮어 주겠지

토닥토닥 숨소리 들으며 함께 잠들겠지

이불과 수건이 한 몸 되어

아이를 쑥쑥 키우겠지

언 꽃

당신은 떠나고 이름만 남았습니다

햇빛이 냉각되며 창백한 봉오리가 맺히고
줄기의 온도가 떨어지고
뼈만 남을 것이지만

추억으로 떠오르기 전에는 사연을 읽을 수 없었습니다

당신은 눈 내린 밤
얼음 핀 꽃이 되고
꽃이 된 자리에 흉터가 번졌습니다

돌멩이도 꼼짝하지 않았습니다
당신이 떠난 그 자리에
꽃잎마다 바람의 무늬가 새겨져 있습니다

이제 흔들리지 않습니다
언 꽃은 다시 피어나는 이름입니다
제 안의 싹은
쉬지 않고 돋아날 것입니다

겨울의 방명록에 잠시,
다정한 목소리가 다녀갑니다

당신은 긴 잠을 주무시고 있다고,

변이 지대

—

당신은 태풍 때문이라고 했다
어디로 달아날지 모르는 뜨거운 눈동자

그동안 뭐하고 살았는지 모르겠다
구름의 망막이 붉어진다

태풍의 경로를 이탈하고 싶은 당신
태풍 속에서 튀어나온 구름이
팽창하고 있었다

말하지 않으면 알 수 없는 말을
입으로 몰아낸다
말하지 않아도 되는 말을
쏟아 내고 있다

1도 씨의 변화가 바다를 끓어오르게 한다고
내일을 예측하고 과거의 데이터를 내밀고

당신과 당신의 나는
경로를 예측할 수 없는

—

날씨를 주고받는다
저기압과 고기압의 기류가 마주친다

태풍보다 무서운 태풍의 눈동자
헤링본 스타일로 방파제를 두드리는 파도

여기까지 왜 왔는지 모를 여름의 목적
바람의 높이를 구부리고 싶은 당신과
구름의 폭을 줄이고 싶은 당신의 당신 사이에서

태풍은 차가운 내륙을 통과한다

혀의 무덤

한 페이지마다 얼고 있다
성에와 냉기와 상형문자 무늬의 입구

조용히 바라보는 일이 입술의 일과
입김이 솟아나는 새벽
얼어붙는 달과 새의 그림자

적막의 문은 오른쪽에서 왼쪽으로 돈다

호기심이 쌓여 갈 때마다
켜켜이 진화하는 목소리

잎사귀 하나를 붙들고 명상하는 장미
여름을 기억하는 회화나무 그림자
금빛 지느러미의 말

아무도 찾아오지 않아도 저녁은 쉽게 잠들었다
오래 잠든 문장은
꿈에서 살얼음이 되고

여는 것이 아니라 날마다 접는 페이지
못을 박고 구멍을 뚫는다
비밀은 봉인되지 않는다

빈 페이지에서 뿌리가 무성하다
돌에서 싹이 트고
입에서 알이 깨어나고

손가락선인장

손톱을 사랑해
손가락이 자라고 있다
열 개의 가락은
가늘고 날카로운 촉수를 가진 음지식물
빌딩 구석에 서식하고 있다

왜?
그녀는 묻지 않는다
댓글을 달아 주자
주먹을 쥐고 노래하는 그녀

주먹을 가위로 재단하자
엄마 배 속에서 뇌보다 먼저 태어난
엄지와 검지
피처럼 쏟아지는 질투는
손톱으로 모두 모였나

한 번도 만난 적 없는 그녀
들썩한 웃음소리
시스루룩 원피스 안에 비치는 가냘픈 몸매

모니터 건반을 두드리듯
가볍게 터치하는 것
그것만 관심이야

그녀의 주먹이 사라질 때까지
그녀를 향해 자라는 꽃무늬 네일아트
손톱 속에 가시를 숨기고
혼자 웃는다

흰 꽃병

—

나를 그리고 싶을 땐 나를 낯설게 바라본다

상상의 점을 찍고 선을 긋는다

보여 주고 싶은 붓이 손에게 묻는다

잘 모르겠다, 몸의 생각을 따라가는 것을

발아하듯 스며드는 색깔을

물에서 피어난 붓끝이 시들기 전에

사각의 캔버스는 나를 끌고 다닌다

햇살 붐비는 먼지의 오후

시든 붓에 물을 준다

—

발왕산 주목나무 살아 있지도 죽지도 못하고

뿔의 부피는 뿌리의 몇 분의 일입니까 정말 뿔은 부피가
있습니까 살아서도 죽어서도 천 년을 산다는 것 그것은 형
벌입니다 뿌리만 남겨 두고 속을 다 비워 내고 서 있어야
만 아름다움이라고 누가 말했을까요 구멍이 뚫린 몸으로
안목을 키우고 뒤틀린 뿔 사이로 이목을 받고 텅 빈 몸 안
에 마가목을 키우는 것 그것은 덕목이 아닙니다 천 년 이
상 주목받는다는 것은 고통스런 일입니다 뿔이 부러지고
구멍이 뚫린 속으로 들어가 잠깐의 고뇌를 내려놓지 마세
요 이미 충분히 풍경을 매단 얼음의 자리였고 뜨거운 눈시
울 흘러내린 자리입니다 뿔이 뻗어 간 길이 제 몸입니다
전부입니다 수천 갈래 길이 거기서부터 시작입니다

제2부

탁본

구절초가 피었다, 돌 틈 구멍에

곁눈질이 많아졌다

휘어지고 비탈진 길에서 속도를 줄이기 어렵다

마른 몸에 물기 몇 방울 적시고 싶다

잠시 집을 떠난다

온몸으로 바닥을 적시던 온기와 혀는 사라지고

아스팔트에 흐르듯 새겨진 궁서체

바퀴와 발자국에 풍화된 가죽과 뼈

긴 그림자를 안고 종일 꿈틀대는 해

코카서스 할아버지의 도서관

一

할아버지가 살고 계시다는 먼 산을 찾아갔습니다
새의 그림자가 시간을 돌립니다
검은 돌에 새겨진 불꽃의 글자들

구름이 태어나는 벼랑 같아요
한 번도 뵌 적 없는 할아버지 만나면
주름 깊은 이마를 더듬어 볼 수 있을까요
걷다가 도착한 곳이 여기, 비탈엔 검버섯이 많고
나무들은 등이 굽었어요

할아버지 생각은 한 번도 써 본 적 없네요
불에서 태어나신 할아버지
그 먼 이름에 유황 냄새가 배어 있는 아버지의 아버지
돌 속에서 살다가 돌 속에서 돌아가신 돌의 조상님

벼랑의 돌주머니에 제비가 살고 있네요
할아버지 품에서 알이 되고
날개를 달고
검은 눈을 가진 새
주술에 걸린 밤과 낮의 수염 자락에 매달린 집

돌기둥 육각형 안에는
포도주처럼 발효된 이야기들이 가득합니다

할아버지의 불은 차갑게 식어 돌이 되고
지금도 돌덩이 등에 지고 산을 오르시나요

꿈이 쏟아져 내리는 밤마다
말랑말랑한 과일을 찾아 맛봅니다
돌도서관에 사시는 할아버지,
살구나무 피리를 불어 드릴 테니

진흙과 석양의 음악을 조금 들려주시면 안 될까요
불의 씨앗을 저에게 주시면 안 될까요

이미지 유목민

—
추억을 따라 거꾸로 걸었다
신전이 된 도시의 골목길을

바람이 불 때마다
간판을 흔드는 굽은 길
발가락이 긴 야생의 언어를 찾아 떠난다
이름 모를 그와 함께
풍경의 불안을 찾는다

낮과 밤의 머리카락은
옆으로 옆으로만 자란다

한때의 젊음은
도시의 모든 것들과 맞서 싸워야 했다
헤어지고 다시 만나고 또 헤어지는 것을 결심하는
간절기가 뒤꿈치처럼 갈라졌다

불모의 장소에서는 질문이 메아리로 돌아온다

— 고향을 등진 어둠의 칼이

도시 깊이 박힌다

낯선 골목에서
부드러운 환청을 듣는다
생소한 말들을 입속으로 발음해 본다

생선 굽는 냄새 가득한 석쇠의 구멍들
청어의 굳은 살점들

지나간 나를 고스란히 태우고 간
떨림의 초원이 여기인가
유령처럼
허깨비처럼

들깨를 털다

한낮을 놓치고 들깨를 터는 저녁이다
땅거미가 손바닥으로 슬그머니 내려오는 초저녁에
자작자작 잠든 알갱이들을 깨우는 중이다

두드리고 또 두드린다
한 무더기 쌓인 고소한 향기가
주위를 감싼다
부러지는 가지, 매달린 마디에서
쏟아지는 한 알 한 알

때를 놓치고 만 날들이
여기 달려 있다

손아귀에 힘주며 막대기로 두드린 날들
한꺼번에 얻어 내려 일찍 베어 낸 날들

손은 서두르지 않는 리듬을
조금씩 아주 천천히 조율한다

뒤집어서 털고 또 뒤집어서 털다

발견한 고요한 소란   ─

낙상한 시 알갱이들이
아래로 아래로
쌓인다

                                                        ─

묵호에 묵다

벗어나면 후련할 것이라고 믿었던가
피할 수 없는 마감일은 왜 빨리 다가오는지
잠시 잊을 수 있는 시간이라도 벌자고

무작정 도착한 곳이 묵호
살면서 한 번도 와 보지 못한 항구
이름을 찾아 숨어든 곳

묵묵히 묵다 가고 싶은 해안
파도가 들끓는다

피하고 싶었던 곳에서
더 격렬하게 마주치는 소리들
시퍼런 겨울 바다는 파도를 몰고 와
해변에 던져 놓고 간다
모래가 바닷물 속으로 빨려 들어가고
검은 여는 더 거세게 파도를 맞는다

묵을 곳을 찾다가
바다 전망이 가장 잘 보이는

44

언덕을 오른다   ─

집과 집은 조개껍질처럼 작고 오목하다
여기도 묵을 곳이 마땅하지 않다

파도와 싸우려면 파도를 마주 봐야 하나

빚을 지지 않고 산 날이 없는 날들
처마 끝에 매달린 고드름은 수직으로 뻗어
언제 떨어질지 알 수 없이
굳은 표정이다

먹먹함으로 갈아 놓은 아우성은
왜 자꾸 따라다니는지
새해 일월의 끝자락이
파도의 치맛단처럼
서걱이고 펄럭이다

철원

경계선이 떠오른다

춥다와 차갑다 둘 중 뭐가 알맞은 표현일까
날씨와 성격을 가늠하기 어려울 때
서술어의 표정은 애매하다

어떤 이름은 지명 같을 때가 있다
사람과 땅은 오랜 혈통 같아서
부를 때마다
골짜기와 능선에 메아리가 번지고

산 아래에서 토끼를 몰고 올라가면
사람의 발자국으로 어지럽게 울타리가 좁아지고
산마루 눈 숲에서 하얗게 질린 토끼가 된
그해 겨울은
눈물 그렁한 눈을 가지고 멈춘 채

아버지가 매지구름으로 흩어진 날
도서관에서 두 발 웅크리며 자던 의자처럼
편의점 도시락으로 끼니를 때울 때처럼

계절을 잘못 접어든 철새처럼
너는 말라 갔다

너는 그렇게 멀리 낯선 곳에서 어떻게 날아왔니?

겨울에도 뜨거운 김이 솟는 도래샘을 떠올리며
춥고 긴 잠을 깨워 줄 한 사람을 만나러

철책 사이로 흰 눈이 그칠 때까지
마녘으로 남녘으로만 걸어왔니?

양양의 해를 따라

一

한낮의 풍경이 회오리친다

만두 속 같은 밤의 도시를 떠나
바람과 천둥의 터널을 지나
폭풍의 눈 속을 달려서
비의 그림자를 밟고

지나왔다,

말갛게 피가 고인 씨앗의 심장을 찾고 싶어
도착한 곳은 해가 사는 곳
다시 죽어 해로 태어나는 곳

해일의 묽은 모래를 집어삼키고
횟집 낮은 지붕까지 치고 날아갔지만
부서진 그 자리에서 한 마리 물고기가 된다

물안개와 비와 바람이 떠나고
먼 수면이 가까워지고
해당화 열매 붉고

알알이 번져 가는 불덩이로
저기, 해가 달려온다

구름의 지층을 뚫고 타오르는 불의 소리들
파도를 파고드는 모래 알갱이의 숨소리들
바람과 햇볕이 서로 껴안고 뒹군다

처음 보는 해를 맞이하고
눈과 발가락까지 물들어
너도 붉다 나도 붉다
흩어진 꽃잎처럼 웃는다
다시는, 이라고 말하지 말자

해의 정면을 찍고
마스크를 벗고
해당화 앞에서
들이쉬고 내쉬는 숨 덩이

그림자 속 그림자

아침의 그림자는 길다
구부러지지 않고 꺾이지 않는다

흰 탑의 뾰족한 그림자 속으로 들어간다

거기엔 서로의 그림자가 포개져 있다
색과 빛이 하나인 그림자

스투파 속에는 사리가 담겨 있다

벽돌과 벽돌 틈 사이
금이 가고 뜻 모를 기도가 새겨져 있다

머리를 대고 두 손을 가슴에 모은 사람들
탑을 돈다
돌고 돌아 다시 제자리로 돌아와
그림자 속으로 사라진다

그림자 속에서 벗어나고 싶지 않다
그림자가 그림자를 안고

길게 뻗어 간다

아무도 없다
그러나 계속 숨 쉬고 있다

보이는 것과 보이지 않는 것 사이에서
젖어 있다가 스며든다

끝이 보이지 않는 초원 한가운데서
배꼽의 정기를 모아
놓아주고 싶다

태양과 가까운 그림자는 구부러지지 않는다
그림자 속에서 다시 태어난 그림자
걸어가는 그림자가 출렁인다

초원에 길게 눕는 에르덴조 사원의 탑 속에
아직 서 있다

풀린 끈을 묶다가

—   누군가 당신을 생각하나 봐
        풀린 운동화 끈을 묶어 주며
        불쑥 던진 말

        맨손으로 물고기를 잡았을 것 같은 손
        바람에 풀린 풀매듭의 손길

        그대를 이어 줄 현이 있다면
        잠시 멈추었을까

        올가미를 만들기 위해 매듭이 필요한 우리
        오늘따라 그대가 덫으로 보여
        올무와 고삐의 집
        떠나고 싶어

        왜 풀린 운동화 끈을 묶어 주는 손길이
        자꾸 근육으로 자라는지 몰라
        정말 모르겠어

—   배배 꼬인 짐승의 털이 필요해

팔찌와 허리띠를 선물하고
미늘이 달린 낚싯바늘처럼 매달리지 말자

당신은 줄로 와서 다시 끈이 되어 가고

캐스팅

한지에 풀을 바른다
풀이 손가락을 감는다

풀 먹은 한지는 연한 피부 같다
한지를 만질 때마다 순해지는 손마디

엄마의 손은
닳고 닳은 문살 창호지 틈에
말린 국화꽃과 시든 과꽃을
심으셨다

꽃이 다시 피어났다
문이 들녘이 되었다

햇살이 비치면 그림 액자 같아졌다

그믐달을 조각한 자리에
겹겹이 풀을 먹인다

그림 속에서 그믐달이 태어나길 기다린다

달과 초와 때론 신발로
정화수를 담는 그릇으로

한지는
몸을 바꿔
그림 안에서
메아리로 번져 간다

은이

구름의 줄기에 매달린 새가 빙빙 돈다

골짜기와 골짜기 사이를
물줄기가 감아올리는 소리

외마디 호흡이었을까
돌바닥에서 무릎을 꿇고
아무도 듣지 못하는 혼자만의 기도를 한 그녀

은이는 잘도 숨었다
문방구 후미진 어둠 속으로
은이야, 이름을 부르면 다시 돌아올 거라 믿었다
끝내 찾을 수 없었다
더 깊은 골짜기로
바위틈으로 숨어든 친구

은행나무가 어른처럼 자라 골짜기를 덮었다
아리고 아픈 마디의 기도가
밤마다 노랗게 메아리치고
바닥을 흐르던 허기가

깜빡끔벅 조는 별똥별   —

간절한 이름을 물고 날아가는 새
차가운 소원을 달고 날아가는 깃털

은이는 지금쯤 무얼 하고 있을까
구름이 원을 그린다

흰옷 입은 성모마리아상이
성지의 골짜기를 내려다보고 있다

*은이 성지는 경기도 양지면에 소재한 김대건 신부의 은신처이다.   —

리플리증후군

—

구석에 숨어 있다
모퉁이를 돌아도 보이는 그림자

알 수 없는 자신을 찾아 나서는 길이라고
얼굴이 다른 몸을 찾아 나서는 길이라고

여행의 목적이 무엇입니까

푸른 여권이 검색대를 자연스럽게 통과한다고
캐리어에 담을 속옷보다 노트북이 더 부드럽다고

저를 잘 알고 계십니까

경계를 모르는 음악이 지도를 넘나든다

아무튼 찾아다니는 것이라고
나를 닮은 나를 찾아서 너에게 보여 주고
괜찮다고 위로해 주고
메일을 보내는 것이라고

—

너를 나로 편집하는 것이라고
중독된 너를 보는 것이라고

돌의 폭포

돌 속에 새가 산다
불의 숨결을 받아 든 절벽에

육각형 돌기둥 속을 들락이는 제비

바람 부는 날에는 돌 속으로 숨어야 해

더 이상 오를 수 없는 동굴은
피의 가죽을 두른 은신처
불의 뼈가 식어
동굴이 되고
집이 되고

검은 꽃을 피우는 수직의 돌에서
숨소리가 들린다
불의 씨앗이 자라서
암주가 되고
집터가 되어 있다

마지막 머물 집은

오직 돌 속의 돌

새똥을 맞고 올려다본다
주상절리 육각형 집에 사는 새를
닿을 수 없는 절벽의 틈새를
식어 간 옛사람들을

불의 체온이 흐르는 돌의 폭포에는
새와 풀과 바람이 어울려 산다

구름이 들려주는 시

초원에서는 구름이 말을 한다지 그 말귀를 잘 알아들은 말과 양 떼가 그 노래를 따라 부른다지 야크는 천천히 걸으면서 읊조린다지 눈 속에서 꽃대를 밀어낸 에델바이스가 여름의 눈썹으로 피어난다지 그렇게 천천히 푸른 풀밭을 산책하며 건너간다지 짧은 여름이 온다지 구름이 말을 건네면 풀을 뜯는다지 향기 나는 꽃은 먹지 않는다지 오물거리는 입가에 향기가 묻어난다지 구름은 어린아이 발자국을 따라간다지 바람의 손을 잡고 오래 기다린다지 밤에는 별의 어깨를 두드려 주고 그러다가 울기도 한다지 구름의 틈 사이로 번개를 치고 비를 쏟아 낸다지 아주 멀리서 다가온다지 구름은 초원을 어루만진다지 때론 빠르게 때론 무섭게 두드리다가 초원이 깜짝 놀라 길을 내고 강을 만들게 한다지 그러다 구름은 초원을 다독인다지 자라나는 어린 짐승들을 보살핀다지 초원에서 함께 뛰어논다지

제3부

소문의 자루

—소름 1

소금 자루라고 했다 조직이 **팽팽**하게 부풀어 보였다 언 땅에서 싹이 올라오고 있었다 아이가 태어났다 어둠이 더 어두워졌다 아픈 사람처럼 웅크린 자세 멀리서 지켜보고 있었다 들풀이 자랐다 자루가 사라졌다

달이 이지러질 것이다 아이가 노인이 될 것이고 마을의 집은 지붕이 뾰족해질 것이고 서로 닮은 얼굴이 사라질 것 이다 희망이라는 말이 사라질 것이다 삼각형 모자를 쓰고 날아다닐 것이다 소문이 마을을 잡아먹을 것이다

눈이 내린다 경계를 지운 폭설 눈사람의 눈동자를 달아 준다 반짝 빛난다 잊고 있던 자루가 불쑥 날아온다 홀쭉하 다 바람이 운다 자루를 흔든다 혼자 생각하고 혼자 중얼거 리는 자루 얼룩이 묻어 있다 만지려 하자, 쏜살같이 날아 간다

울타리 안 개구리
—소름 2

더 이상 갈 곳이 없다고 생각해 본 적이 없어요
과거의 기억을 돌아본 적도 없어요
매일 빠져나갈 궁리만 하며 살아요
누가 알겠어요
울타리가 그리도 촘촘한 그물망이라는 것을
아무리 뛰어도 제자리인 것을

도무지 종잡을 수 없이 뛰어
무작정 뛰어
꽃 덤불 아래 어두컴컴한 틈에서

더 이상 달아날 곳이 없을 땐
그냥 마당의 주인처럼 살기로 했어요
경쟁하지 않아도 먹고사는 터전이 그리 많은가요
맘껏 누리는 생활의 편안함을 즐겨요
불안해서 깜짝 놀라는 것은
오히려 이 집에 사는 주인인지도 모르겠지만요

넘실대는 꽃들 속에서
살짝 밀어 넣었던 손가락을 확 빼

와장창 요동치는 주름을 추스를 겨를 없이
뛰쳐나가 사라지는 네 다리

정말 큰 양서류는 모난 구석이 없어요
큰소리에 놀라지도 않고
울음주머니 달고

초록 우물 무성한 마당에서
겨울이 오기 전에 맘껏 뛰노는 재미

독거 노인이 되지 않는 은둔 방식을 배워요
공포와 낭만의 간극을 다 함께 누려요

서로를 찾다가 놓치는 순간을
모른 척 소란을 눈감아 주는 미덕을

최후의 목격자
—소름 3

아무도 본 자가 없다 물거품이 모래에 쓴 이름과 발자국을 삼킨다 대체 그들은 어디로 사라진 것일까 프러시안블루의 바다는 햇빛의 성질을 잘 이용한 것일까 감청색은 너무 짙어서 의혹이 유혹을 불러오는 색 청바지를 입은 남녀를 찾고 있어요? 바다를 좋아해 너무 새파란 아이들 혹시 보신 적 없나요? 물음이 울음이 되고 바람(願)이 바람(風)이 되어 사라진다 바닷물에 녹지 않는 프러시안블루, 여기는 목판화를 그리기에 알맞지 않은 장소 바다는 화학 색소로 오염된 반감기 너흰 스카이블루를 찾아 목선을 타고 갔니? 바다는 속내를 드러내지 않는 법 맘씨 착한 할아버지를 따라갔니? 출렁이는 배에선 사방을 돌아봐야지 스물 두서너 살의 몸 바다는 프러시안블루 오직 한 사람 잔근육이 파도처럼 가득한 뱃사람 그를 믿은 스카이블루 아롱진 채운이 너희를 삼켰니? 오직 잔근육이 파도처럼 일렁이는 뱃사람이 찍힌 디지털카메라 그를 믿은 스카이블루, 아롱진 채운이 너희를 데려갔니?

저수지의 신발
—소름 4

순간 놀랐다 빨려 들어가는 소용돌이 배가 뒤집혔다 사람이 사라졌다 허우적허우적 물살이 조용해졌다 저수지는 돌멩이를 삼킨 듯 파문 후 더 고요해졌다 사람들이 소리쳤다 아무도 뛰어들지 않았다 살려 주세요 메아리가 내 귀로 흘러들었다

팔이 차갑다 드라이아이스에 덴 느낌이다 잃어버린 기억이 떠오른다 쭈뼛하게 돋는 솜털의 구멍들 저수지는 바닥을 보여 주기 위해 봄을 맞이할 것이다 이끼에 둘러싸인 바닥 쩍쩍 갈라진 틈 사이에서 물고기들이 마지막 헤엄을 치고 있을 것이다

봄소풍의 배경은 사진 속에 펼쳐져 있다 깡마른 표정이 억지로 웃고 있다 울고 있는 것 같기도 하다 사진의 풍경 저 멀리 신발이 보인다 색깔이 지워지고 발목이 지워진 채 바닥을 딛고 걷기 위해 안간힘 쓰는 신발이

염 들이다
—소름 5

어둠과 빛이 교차하는 일몰의 시간

한낮의 구름과 구름 사이에서
놀다 잦아지는 붉은 염천
소금 냄새 가득하다

노을이 간수를 들이붓자
구름의 알갱이 화르르 퍼진다

풍경이 자글자글 끓어오른다
뜨거운 김이 솟아오르는 서쪽 하늘
구름 사이로 초승달이 태어나고

소리 없는 발자국을 따라가는 저녁
먼 곳을 찾아 자리를 옮긴다
시간과 시간 사이에 놓여 있는
경계가 풀어진다

어제의 구름과 오늘의 구름은 다르면서 같은 구름
어제의 나와 오늘의 나는 같으면서 다른 입자

구름이 응고된다
서쪽 하늘과 사람 사이에 번져 가는
목소리의 결정들

먼저 어두워진 산이 구름을 품는다

구름을 따라간다
몽글몽글 순두부처럼 익어 가는
구름이 사람들을 어루만진다

흰 나비 두 마리

—소름 6

낮이 밤보다 긴 시간이었다 주무시는가 보다 생각했다
거실 한가운데 편안하게 누워 계셨다 낮잠은 아버지의 날
개 같은 것 발뒤꿈치에 여름이 따라 들어왔다 선풍기를 틀
었다 딸깍딸깍 선풍기 목에서 숨넘어가는 소리가 들렸다

독한 년 누군가 나를 향해 소리친다 울음의 그늘이 보이
지 않는데 오열은 언제 쏟아지나 내 안의 떨림과 오한을
아무도 모르는 오늘을 파헤쳐 보여 줄 수가 없다

흰 나비 두 마리가 꿈으로 들어왔다 마치 아무 일도 없는
듯 꽃을 찾아온 듯 향기를 찾는 듯 날고 있었다 아직 살아
숨 쉬는 잠 지울 수 없는 태몽 조문하는 사람들 틈에서 날
아다니는, 이 생과 저 생의 흔들림 나비로 건너갔나 봐 그
렇게 사흘이 가벼웠다 무거웠다 알 수 없는 무게가 천장에
서 바닥으로 내려앉고 있었다

하관을 하자 흙무덤 위에 내려앉는 나비 두 마리 곡이 멈
췄다 발소리가 사라졌다 여기가 머물 곳인가 기억이 나를
열었다 접었다 폈다 무슨 안부를 전하듯 나비는 잠깐 무덤
위에 입맞춤 울음이 쏟아진다 땅속에 묻힌다 눈떠 보니 아

버지 없는 집, 거실이다   ─

한밤의 내비게이션
―소름 7

―
　좌회전하세요
　풀이 무성하고 길이 보이지 않잖아요
　절 믿고 가 보세요
　안내하는 대로 가세요
　길이 점점 좁아져요
　이 길 맞나요
　안내하는 대로 가시면 됩니다
　이 길 끝에는 무엇이 도사리고 있나요
　무서워요
　믿고 가 보세요
　어둠이 켜켜로 둘러싸인 곳
　내 키보다 큰 수풀만 보여요
　목적지는 어디에 있나요
　불빛도 보이지 않고 사람도 없어요
　그래도 안내하는 대로 가야 하나요
　우회전하세요
　오른쪽엔 길이 없어요
　죽을 것 같은 오싹함뿐
　유턴하세요
―
　이렇게 좁은 길에서요

가다 보면 길이 나옵니다
막다른 길이에요
묘지만 보인다고요
여기가 맞나요
왜 이리로 끌고 왔는지 대답 좀 해 봐요
목적지에 도착했습니다

더 이상 안내를 하지 않는 그녀의 목소리

한밤중 119에 전화를 건다
신호가 끊긴다

끝도 없고 시작도 없다

조문
—소름 8

—

　순간의 인상은 날개를 품는다

　바람이 솟구친다 어둠이 가면을 쓴다 한 마리 새를 빨아
들이는 베란다 창문 작은 몸을 빗물이 맺힌 날개 부리에
꽃술을 물고 있는 몸을 가시가 돋은 바람을 뚫고 어딘가로
가고 있는 몸을

　떨고 있는 것 같고 가지런한 날개에 손을 대면 다시 펼
것 같고 새를 수건으로 감싸면 숨 쉴 것 같은 그러나 새는
날카로운 새벽을 건너가고

　죽은 새를 보고 새벽을 스쳐 간 노래가 떠오른다 나뭇가
지 사이에서 들려오던 연두의 부리들 피하고 싶던 자리들
숨고 싶던 흔들림 그것은 나의 몫 우리의 날개 열매를 물
고 날아가는 공중의 음표들 순간의 악보들

　바람의 지휘자가 보낸 구름과 햇볕이 날개를 어루만진다
먼저 떠난 봄날이다

—

새 둥지 안에 세 들다

— 소름 9

일 년에 한 번씩 집세를 올려 달라고 했습니다 일 년이 그리도 짧은지 몰랐습니다 월급을 다 모아도 전세금을 따라잡을 수 없고 번개탄 피우며 바라본 아파트 불빛은 뿌옇고 매캐했고 저 많은 아파트 중에 우리 집은 어디 있나 아기 발은 커 가는데 어디로 가야 하나 헤아릴 수 없는 생각의 불빛을 따라가다 잠든 밤 꿈에서 반쯤 접힌 몸 다시 일으켜 출근을 했습니다 아이는 울음보가 점점 커져서 버스 꽁무니까지 따라다녔습니다

세 들어 살다 새 둥지 안까지 도착했습니다 골짜기와 골짜기가 서로 마주 보며 메아리 들려주는 곳으로 새들이 서로 빨랫줄을 이어 주는 곳으로 나뭇가지와 오색실을 물어다 주는 곳으로 노을과 산이 서로 포용하는 곳으로 자동차 소리도 들리지 않는 곳으로 한밤에 꺼진 어둠을 피우지 않아도 되는 곳으로 아무도 나가 달라고 말하지 않는 곳으로

금빛 제비집
―소름 10

거대한 둥지
시멘트로 지은 집
다정한 친구들이 부르는 소리 가득한 아파트

비 와도 젖지 않는다
바람 불어도 흔들리지 않는다
음악이 멈추지 않는
견고한 블록

비행에서 돌아오면 사라지는 둥지

새끼 낳을 집을
사람들이 어딘가로 모셔 간다

침과 피와 깃털이 묻어 있는 집을 송두리째

요양하러 왔어요

—소름 11

이제야 쉴 만한 곳을 찾았어요 그동안 너무 바빠서 제대로 쉬지도 못했어요 저녁노을이 비스듬히 누워 있는 산자락이 어디 흔한가요 어제와 오늘의 구별이 없어야 잠이 잘오지요 창문이 달력이고 구름이 조화인 여기 **맘. 편히. 쉬.세. 요.** 때가 올 때까지 그때가 언제인지 알면 좋겠지만요 내일은 아무도 말하지 않아요 갈 곳이 있다고 아무도 말하지 않아요 **맘. 편히. 쉬. 세. 요.** 그 말이 왜 그렇게 지겹도록 서러울까요 기다리고 있어요 문 열어 줄 사람을 휠체어를 밀어 줄 사람을 저 구름 따라 날아가는 새들의 꽁무니를 맘껏 들이쉬며 숨차도록 달리면 뭐하나요 창문 밖의 노을과 하늘 거울 속의 얼굴 주삿바늘 꽂힌 구름 모두 똑같아요 산소호흡기로 숨 쉬면 되지요 **맘껏. 쉬. 세. 요.** 그 말은 일어서지 말고 누워서 눈감으라고 지어낸 마지막 유언이라는 것 그쯤은 모두 알고 있어요 사실은 재밌게 놀다가 죽고 싶었어요 잘 있어요 얌전히 때를 기다리며 눈동자만 굴리면서 날짜와 생각을 지우고 마음의 양지까지 지우고 **푹, 푹, 쉬고, 있, 다, 니, 까, 요,**

횡문근육종암
—소름 12

세 살이에요 이젠 말도 할 줄 알아요 제 다리는 퉁퉁 부었다가 사라져요 뛰는 게 술래잡기 엄만 뛰지 말라고 해요 앉아서 가만히 잠자는 척하라고 해요 사실 그건 의사 선생님 말이에요 매일 주사 맞고요 사탕도 없어요 단맛을 잃었어요 엄만 저 몰래 제 밥을 먹어요 세계에서 천 명 중 한 명이 저라고 해요 그렇게 혼자 유명한 저예요 집보다 큰 병실 자다가 몰래 들은 소리인데 주사 맞다가 죽을지도 모른대요 주삿바늘로 찌르지 않으면 놀 만한 병원인데 왜 자꾸 서 있기 힘들까요 어린이집도 가야 하는데 말이에요 놀이터에서 뛰어놀고 싶은데 말이에요 아빠도 보고 싶은데 말이에요

거짓말의 진실
—소름 13

정말 몰랐다니까요 잠이 부족했어요 한 컵의 물이 잠을
재워 주었다고요 영화의 주인공은 내가 아니에요 연출된
미소는 나의 울음이죠 입꼬리에는 숨길 수 없는 비애가 따
라다녀요 유령을 만나야 진정한 배우가 된다고 믿고 싶었
나요 나에게도 무대가 아닌 곳이 필요했다고요 아무도 나
를 들여다보지 않는 곳에서 나를 만나고 싶었는지도 모르
겠어요 정말 몰랐다니까요 어떻게 허깨비를 본 것을 말
로 증명할 수 있겠어요 그림자처럼 나를 따라다니는 시선
을 피해 숨고 싶다면 믿을까요 나는 없고 배우는 있는, 집
은 없고 무대는 있는, 죄송하다 고개 숙여도 카메라는 나
의 표정과 입술만 찍어요 이제 숨을 곳도 없어요 단 하나
의 지하 벙커도 들켰으니까요 정말 아니라니까요 왜 제 말
은 믿지 않는 거죠 거짓말 탐지기로 나의 미소를 찍어 봐
요 목소리의 주파수를 체크해 보세요 제게 삼 개월은 제
인생에서 가장 길었어요 너무 아팠어요 이제 정말 잠을 자
고 싶다니까요 배우의 말은 믿고 나의 말은 거짓이라는 말
도 이젠 듣고 싶지 않아요 정말 잠을 푹… 자고 싶어요 아
무도 나를 깨우지 마세요, 제발

축원의 다라니

—소름 14

옴 마니 바드 메홈 옴 마니 바드 메홈

두 손을 머리 위에 얹고 기도하는 할머니는
너의 외할머니가 아닌 나의 할머니

천 개의 손가락을 가진 만다라의 할머니

잃어버린 울음주머니 속에서
여자들이 왈칵 쏟아진다

우는 나를 내려다보시는
느릅나무의 꽃눈으로
뜻 모를 울음소리로
샘솟는 어머니의 어머니여

할머니의 기도는 나의 토올치
보름달 같은 너의 에쯔

둥글게 마주 앉아 서로를 바라본다

파란 문을 들락이며
굵은 마디를 가진 검버섯의 손을
머리 위에 얹은 채

잊어버린 별의 노래를 찾아 떠난다

옴 마니 바드 메홈 옴 마니 바드 메홈

*토올치: 몽골의 대서사시를 톱쇼르로 연주하며 들려주는 사람.
*에쯔: '엄마'라는 뜻의 몽골어.

그 아이는 두 손만 모으고 있었다
—소름 15

—

해바라기 핀 들판으로 기차는 비명을 지르며 사라진다

주머니에서 쏟아지는 총알들

돌아가고 싶다
붉은 재 퍼붓는 거리
눈동자가 박힌 그곳으로

햇빛의 피가 스며들어 핀 꽃 같아
현기증 나는 노란빛이 눈을 가두고
실명한 눈동자는 씨앗으로 맺힌 것 같아

사막에서 굶어 죽은 아이의 옷으로 카펫을 만들어
거실 벽을 장식한 엄마

모래와 햇빛과 바람이
태풍을 몰고 오는 아르메니아 사막

차라리 해바라기 씨앗 한 줌이라도 있었으면

—

재를 뒤집어쓰고 두 손 모으고
서 있는 아이처럼
눈만 덩그러니 뜬 아이처럼

검은 씨앗 물고 휘청이는 해바라기
언제 죽을지 모르는 내일처럼
고개가 무겁다

눈만 깜빡이고 누워서
두 손을 가슴에 모으고서

에르카, 너의 소녀야
—소름 16

—

　너는 야생의 풀처럼 긴 머리카락을 가졌구나 에르카, 너에게 반했어 검은 돌처럼 또렷한 눈동자를 가진 소녀야 긴 머리를 양 갈래로 땋은 너는 나의 어린 시절로 돌아가게 하는구나 수줍음 가득한 입가에서 잃어버린 나를 찾아가게 하는구나 에르카, 너는 초원을 찾아온 나에게 사탕을 건넸지 수북이 쌓인 사탕 그릇을 놓고 갔지 사탕을 물고 나는 생각했지 어디서 만난 얼굴일까 생각했지 그래 너는 지나간 나의 주근깨 가득한 얼굴을 생각나게 했지 초원의 들판에서 짐승의 젖을 짜고 어린 송아지를 돌보는 너의 손 나의 손 그래 부드럽게 그을린 손을 잊었었구나 부끄러워했구나 에르카, 반백의 지층을 돌고 돌아 무너진 나를 일으켜 주는구나 부끄러워 엄마 뒤로 숨는 어린아이를 다시 만나게 해 준 소녀야 입고 온 겨울 패딩을 주고 싶구나 양볼이 빨갛게 얼지 않게 이 옷을 입혀 주고 싶구나

—

제4부

개가 집을 나가는 경우의 수

긴장이라고 할 수 있죠
둥근 원이나 반지름 정도를 그릴 수 있으면
충분한 것이라 여겼죠
어차피 돌아올 생각 없는 줄다리기니까

지나가는 사물들의 넓이는
그림자의 길이에 좌우되고
가끔 시선을 잡아끄는 소리는
메아리로 남고
숨 죽은 정물,
그게 저죠

거기 잠깐 돌아보지 말고 그냥 가시죠
관심의 영역 밖에서 밀고 당김
그것이야말로 웃기는 수형도

짜장면 배달부나 우체국 택배 아저씨들
제 이름 부르지 마세요
옛다 간식이다
시선의 각도

삐딱한 것
딱 질색이죠

제일 고단한 날은
일주일 먹어도 남는 양푼의 밥이 아니고
아껴 먹어도 목마른 물도 아니고
저 들개들
무리 지어 다니며 슬쩍 훑어보고 가는
야생의 활보

줄을 잊고 달려가다
줄이 달려들어 목 조이는
제자리
돌고 돌아 구린내 풀풀 나는
은행나무 아래

한번은 줄이 나를 놓아줄 거라는 굳센 믿음으로

울타리를 훌쩍 뛰어넘어
긴장의 끈 끊는 날 상상하며

빠짐없이 경우의 수를 시도해 보는 거죠   —

주사위를 던져 봐야죠,
오늘도

—

공원의 한 페이지를 읽는 동안

一 열려 있는 가슴속으로 나뭇잎이 떨어진다
   밑줄이 중심이 된 다홍 잎

   빈 페이지에 흰 줄을 긋고 있는 하늘 아래
   아니야, 그렇지 틈에서

   상상으로 말라 간다
   어느 갈피에 끼워 둔 나는,

   은유의 페이지를 넘길 수 없는 동안
   행과 연 사이에 빛이 들어오다
   색이 잠시 서성인다

   어떤 리듬이 출렁이고 있다

   내게 말을 건네는 동안
   혼자가 아닌 것처럼
   빈 페이지에 얼굴 없는 목소리가 스미는 동안

_ 공기가 흐르고

오지 않은 어제를 어루만지고
낮은 진동과 나선의 굽이 사이에서

꼼짝할 수 없는 모서리가 닳는 동안

끝나지 않는 줄

줄이 이어져 있다
아파트 가벽 펜스를 따라 서 있는 사람들의 긴 줄

미래의 집을 보러 온 사람들은
몇 시간을 앞사람의 뒤통수를 바라보며
그늘 한 평 없는 보도블록에서
순서를 기다리고 있다
유모차를 끌고
아이를 안고

줄 서 있다

집 한 채, 장만하는 것은
도시에서 유랑의 줄을 타는 일
줄 위에서 밥을 먹고
식은땀 흘리며
옮겨 다닌 셋집들
매달 월급을 평생 모아야 살 수 있는
특별시 고층아파트
가족을 끌고 이사 다니던 남의 집들

결국 내 집 한 채를 위해 살아간다는
생각의 줄타기

우리를 줄 서게 하고
행운의 뽑기를 하게 만드는 하우스는
평당마다 대출이자

모델하우스는
한 번도 집을 가져 보지 못하고
줄 서는

우리에겐 잠시 머무는 시그니처
밧줄 위에서 줄타기를 하고
부채를 부치면서
출렁이는 공중을 건너라
재촉한다

언제 또 올라갈지 모르는
고층 외줄에서의 발걸음을

달의 뚜껑을 열다

一　　육중한 달의 고리를 당긴다

　　　도시에서 달 위를 매일 걷는 여자는
　　　낡은 신발을 달 속에 빠뜨리고 싶을 때마다
　　　노크해야 한다

　　　비밀의 통로는
　　　폭우 쏟아지는 밤처럼
　　　쉬지 않고 흐른다

　　　4번 출구가 막혀 있으니 다른 출구로 나가 주세요
　　　지하에서 출구를 놓치면 무얼 잡고 빠져나가나요

　　　매일 달에 빠져 죽은 자가 많은데
　　　어둠은 조사(弔詞)를 쓰지 않는다

　　　한낮에 다짐하는 눈과 귀는
　　　밤에만 집으로 돌아온다

—　　해석 불가한 정신의 뚜껑

달의 입구가 철커덕 잠겨도
멈추지 않는 달의 허파

썩은 오수를 품고 먼바다를 향해 돌고 돈다

지하의 도시는
두 발 아래로 흘러가고 있는
달을 베고 매일 죽는다

돼지의 귀

느리게 달리는 트럭

앉을 틈 없는 짐칸에 실려
똥 묻은 엉덩이를 맞대고
꼬리를 내린
침을 흘리면서도
팔락이는 귀

온몸에서 휘돌아 나온 바람이
우렁차고 당당하다

돼지의 귀는
죽음을 모르는 것처럼
계속 펄럭인다

쉬지 않고 듣는다
심장이 굳고 피가 멈춰도

돼지는 죽어도 돼지의 귀는 죽지 않을 것이다

접히거나 꺾이지 않는 귀는,
듣던 자세 그대로 간직되는 귀는,

죽어서도 돈을 꽂은 귀가 절을 받는다
맛있다 쫄깃하다
사람들의 칭찬 들으며
접시에 놓여 대접받는다

펄럭펄럭,
귀가 세상을 휘몰아친다

기억의 오늘, 코르사코프

一 현관문 앞에서 그는 떠나셨다

모자를 들고 손은
아직 거기에서 무얼 배웅하고 있다

반투명 간유리를 뚫고 들어오는 빛
그것은 한 평 남짓한 과거의 현관
어른거리다 반짝이는

어린 시절이 거기서 오래 기다린다
고개를 갸웃갸웃
발랄한 아침이 매일 흘러내리고 있다

희석한 장소의 계절은 초록 커튼이 나풀거린다
어떤 봄을 건너 오늘의 창문에 살고 있다

순간에 매달린 바람의 메아리처럼
중절모를 쓴 그의 발걸음으로 되돌아가고 있다

— 코르사코프는 거기에서 웃고 있다

어떤 날의 기억으로 병을 얻어 자라고 자라서
통증을 잊은 소녀

현관을 나서는 얼굴의 표정은
거울 속에서 아직도 웃고 있다

오늘은 내일의 기억에서 떠났어요

모자의 차양이 빛난다
즐거운 배웅이다
현관문 나서는 매일마다

*코르사코프증후군은 어느 일부분만을 기억하고 현재를 기억하지 못하
는 건망증의 신경질환이다.

82-1

— 길을 가장 많이 알고 있는 것은 버스인지도 몰라
마을버스는 타고 내릴 사람이 있거나 말거나
매일 정해진 시간에 길을 따라 산을 오르내리지
번호표를 달고 달리는 거야
숨어 있는 유치원과 학교와 사주카페와 외딴집을 찾아
마을회관 앞 종점에서 잠시 숨을 고르고 있을 때도
정류장에 아무도 서 있지 않아도
길 따라 달리고 달려가 기다리는 일과
한번은 막차를 타고 오는데
나 말고 승객이 아무도 없는 거야
밤길 불을 켜고 달리는 버스는
혼자서 영화를 보는 관람객처럼 달려가는 거야
어둔 산길을 환하게 밝히고 달려가는 거야
캄캄한 길에게 말을 거는 레이저처럼
신나게 달려가는 거야
심심한 길에게 잘 자라고 자장가 불러 주듯
스탠드 켜고 노래 부르는 엄마처럼 음악을 들려주며
사실 버스는 길이 아닌 곳도 달리고 싶을 거야
마을이 어디 있는지
— 어떤 사람들이 사는지

음식점과 카페가 어디 있는지
누가 죽고 아이가 태어나는지
까맣게 몰랐을 거야
버스가 길을 만나 세상을 알아 가듯
길은 버스를 만나 세상을 알아 갔을지도 몰라
버스와 길은 서로 예술가처럼
묻고 묻는 사이일지도 몰라
조용하게 숨어 살고 싶겠지만 버스를 만나
음악을 듣고 사람들을 만나게 되며
세상 돌아가는 이야기를 듣게 되는지도 몰라
오일장 가는 버스를 타고 길을 만나고
숨어 있는 골짜기와 집과 할머니를
그 옛날 어릴 적 놓쳐 버린 기억을 만나게 되는지도
보따리를 싣고 장에 가는 어머니와 할머니를 생각하고
마을버스를 타고 길을 돌고 돌아 집으로 오는 길은
잊어버린 나를 찾아 돌고 돌아
다시 찾은 고향처럼 포근해
버스가 길에게 그러듯이 길이 버스에게 그러듯이
오래된 사이는 누가 먼저인지 묻지 않듯이

흰 그림자를 따라가다

ㅡ

아무것도 묻지 않고 가만히 기다린다 삶은 옻닭의 살은 소름이 돋아 있다 배꽃은 왜 일주일만 피는 걸까 표정 없는 나무의 그림자 신발 끈을 풀고 어딘가로 흘러가는 그림자를 따라 더 멀리 도망갈 수 있을까 목이 긴 그늘 속에서 천진난만한 바람의 귀 어제에 대한 의심이 FM 라디오 속으로 흘러간다 흩어지는 꽃잎 누가 배꽃을 솎아 내고 있나 바람은 평상 주위에서 맴돌다 흰 그림자를 따라간다 만약을 비껴갈 궁리 너는 발이 없는 몽상가 과수원에서 옻닭의 연한 살을 찢어 서로의 접시에 놓아 준다 혼자서 가지고 놀다 지친 일주일의 닷새는 사라졌다 한때 흥얼거리던 가수의 노래가 라디오에서 들려온다 나보다 키 큰 그늘의 구멍 안에서 나를 삼키는 것은 나의 울음 한 번 딛고 한 번 날고 끝이 없는 꽃눈 맨발로 춤을 춘다 당신의 눈 속에 배꽃이 피었다 담 주말쯤엔 꽃이 지겠지 돌고 돌아 비스듬히 닳아 가는 저녁의 노을빛 검은 가지의 붉은 근육 불빛이 새어 나온 틈의 문을 민다 액체처럼 흐르는 그림자 아무것도 묻지 않고 발소리 따라 걸어간다

어둠의 미늘 속에서 배꽃이 반짝,
공중에 꽂힌다

ㅡ

104

검은 고요

저수지에 구멍을 뚫는다
갇혀 있던 물이
위로 솟는다

막혀 있던 덩어리를 삼킨 안
바닥이 보이지 않는다

차고 검다
작은 물고기가 자라는 곳이

빙판에서 미끄럽게 넘어지거나 서성이는 것을
겨울은 잠시 허락한다

단단히 봉해져 있는 저수지 위에 앉아
바늘 끝에 구더기를 매단 채
얼음 아래 숨어 있는
물고기들에게 타전한다

유혹의 기술은 적중률이 낮다
긴 겨울의 무소식에 기대 기다리고 기다릴 뿐

주홍색 찌가 솟았다 가라앉는다

이때다
소식이 오기를 기다렸다는 듯
우체통 뚜껑을 열듯
낚아 올린다, 번쩍

귀 없는
어둠의 발광체는
얼음 위에서 발버둥 치고 있다

헐떡이는 아가미, 뼈가 보이는 살갗, 피 묻은 주둥이,
새끼손가락보다 작은 몸뚱이
뜻밖의 이별 같다

다시 깜깜하고 깊은 고요의 바닥에
상처 난 물고기를 보내 준다

수신 불명의 편지를 부친다

숨죽였던 겨울이 다시 숨 쉰다 —

—

편의점 안 세 여자

잠시 머물다 가는 곳이 낯익네

편의점은 욕조 같아
셋이서 나란히 앉아
빠르게 흘러가는 풍경을 말하기 좋아

새어 들어오는 바람의 구멍
오늘을 여는 출구가 있나 봐
첫 번째와 두 번째 여자의 말은
샤워기처럼 쏟아져 내려

명랑을 반복하면 발랄의 귀가 커질 것 같아
열기를 품은 주전자처럼 끓어오르는 세 번째 여자

쏜살같이 지나가는 자동차가 과거였다가
플라스틱 잔에 채워진 기억의 거품이 현재였다가

잠깐이라도 갈증을 나누기 위해 걸터앉은
편의점 안 구석은
반신욕하는 욕조 같다 히히

아무 얘기나 해도 되고 안 해도 되고

내 얘기를 남의 얘기처럼 듣고
편의점 안에서 자기도 모르는 여자를 불러오고 웃는
둘이면서 셋이면서 하나인 어쩌면 아무도 아닌

저수지에 번지는 해와
산자락에 걸터앉은 해와
유리에 비친 해 사이에서

삼각형의 구도로 마주 보고
추억을 씻고
활기를 얻는
낯선 여자들

달이 사라졌다가 나타났다

一

황도와 백도는 말랑하고 달콤해

통조림 안에서 산란한 붉은 알맹이
꿈틀거리는 소리에
막힌 뚜껑을 딴다

밤안개 속에서 붉은 달이 쉴 때
골짜기 오목한 곳에서 나무가 눈을 뜰 때
밤새 웅크린 강아지가 기지개를 켜고 일어서
몸을 부르르 떨 때

밤을 맞이하는 자리에서 두 손 마주한다

그림자가 둘로 나뉜다
어둠은 쪼개져 흩어진다

아버지 낙타 코트 속에 숨어다니던 날은 짧았다

언 손을 감싸며
사라진 달을 찾았다

달이 안 보여
그림자 속에서 산란하는 붉은 달

가족들은 손을 잡고 소원을 빌었다

제발 돌려 주세요
말랑하고 달콤한 달을
아버지를 삼킨 달을

이면지의 이면

ㅡ

복사할 종이를 꺼낸다
이미 기록된 종이는 다른 목소리로 말한다

암호 같고 모스부호 같고 해석이 어려울 때
가끔 독백보다 방백이 그리울 때
배우처럼 중얼거리고 싶을 때

행간에 사로잡힌 생각들을 뒤집어 본다
있다를 없다로 없다를 있다로
삐뚤어지고 흐려진 접점은 어디일까를 찾아서

앞면과 뒷면은 만난 적 없지만
서로 기대 있다
스쳐 간다

빈 박스 안에서 뒹구는 자음과 모음들
종이 위에서 다시 태어나는 문장을 뒤적인다
글자 속에서 말라 가는 문장을
다시 꺼내 본다

ㅡ

얼룩이 묻은 글씨들의 사귐을
날카로운 양면의 균열을

다시 쓰고 읽고 복사한다
어떤 페이지는 버릴 수 없어
다시 저장한다
안쪽과 바깥에서 서성인다

앞과 뒤의 이면에 손을 베고
핏방울이 스며도

육면체의 고라니

송곳니가 질긴 근육을 끊는 새벽
마른 가지가 흔들리고 있다

네가 사는 곳에 울타리를 치고
육면체의 유리창을 달고
번쩍이는 등을
전망 좋은 집을
지었구나

갈라진 발굽이 미끄러지며
마른 잎들 헤적일 때
송곳니 사이로
김이 뿜어져 나오고

솜털 빽빽한 두 귀와 검은 눈망울은
은신처에 미처 숨기지 못했구나

서로 숨는다고 생각했을 것이다
맞부딪쳐 싸우기 위해 송곳니를 키웠을 것이다
그러나 유리창 하나를 두고 마주 보고 있는 사이

114

담요를 어깨에 두르고
산비알 보면서
떨고 있다
소리치고 있다

주름진 몸에서 휘파람 소리 들린다
축축해진 밤과 어둠의 개체
비밀의 통로가 된 비탈

밤의 커튼을 여는 소리가
언 밤을 찢는다

엄니로 긁은 껍질에 물기가 솟고
아침이 밝아 오는지
태어나는 능선

어디든 떠나고 싶다
어둠이 잠든 새벽에는

붓을 씻으며

一   붓을 씻습니다

물감으로 얼룩진 붓을

아무도 모르는 길을 앞서간 붓을 따라

시간의 드로잉은
나를 데리고 이리저리 다닙니다

물감이 묻은 손을 함께 씻습니다

한때는 가장 유연한 것이 손이라 여겼습니다

오후의 햇살이 창문으로 들어와
바닥의 문이 되고
그림자가 벽을 향해 그림을 그립니다

우연이 그리고 간 그림자가 피어나는 것을 봅니다

二   오늘이 그려지는 안도감

맑아지는 내일 　　　　　　　　　　　　　　　　　　　　—

붓을 씻을 때마다 다음을 맞이합니다

어긋난 지점들을 따라 걸으며

남승원(문학평론가)

    정우림 시인의 세 번째 시집 『코카서스 할아버지의 도서관』을 관통하면서 독자에게 일관된 정서를 전달하고 있는 힘의 근간에는 유목적 상상력이 자리하고 있다. 이때 '유목적'이라는 수식어에 내포되어 있는 의미는 이미 보편적으로 받아들여지고 있는 듯하다. 먼저, 지금의 일상을 안정적으로 유지하기 위해 만들어진 온갖 기준과 경계들이 어느새 현대인들에게 폭력과 억압으로 인식된다. 하지만 자본주의적 포식성으로 인해 현실에 대한 부정적 인식마저도 일상의 논리 안으로 삼켜지고 만다는 사실이 보다 근본적인 문제로 부각된다. 그렇게 자본의 확장이 결국 미래의 전망까지 장악해 버린 현실에서 온갖 금기에 대한 저항으로, 그리고 경계를 넘어 무한대의 새로움을 지향하는 창조적 가능성으로 '유목'이 주목을 받게 된 것이다. 이는 '오래된 미래'처럼 과거의 시간 속 경험에 대한 확신으로 인해 한층 매력적으로 다가오게 되었다. 현실에서라면 정착과

118

안정의 의미인 집 짓는 과정을 다룬 작품에서 시인이 그와 상반되게만 보이는 "설계자 없는 설계/중심이 비어 있는 형태와 균형감"을 목표로 제시하고 있을 때처럼 말이다 (「흔들리는 집」). 말하자면 시집 『코카서스 할아버지의 도서관』에 드러난 시인의 상상력은 현실의 요소들을 상세하게 관찰하면서, 부여된 역할을 수행하기 위해 고정되어 있던 각각의 위치들에 대한 재배치를 가능하도록 만든다.

표정이 자주 흔들리는 문을 열고 들어간다

바늘에 걸린 물방울이 튀어 오르고

찌를 던지고 기다리는 것은 오히려 떨림

물의 심장이 되어 출렁이는 구름

수면의 셔터가 번쩍,

그늘이 없는 감정의 마디가 휘청인다

물의 각이 어긋날 때 물고기와

잠시,

만났다

헤어진다

수면이 찰랑

메아리 번져 간다

—「펜로즈 삼각형」 전문

　'펜로즈 삼각형'은 이와 같은 정우림 시인의 시적 상상력이 응축되어 있는 대표적인 오브제라고 할 수 있다. 에셔의 판화 그림을 통해서도 널리 알려진 대로, 펜로즈 삼각형은 3차원의 현실에서는 성립이 불가능한 구조를 오히려 평면의 2차원에서 구현한 것을 대표한다. 이는 2차원에 그려져 있지만 3차원의 공간 개념을 부여해야만 받아들여질 수 있으며, 또한 우리가 이해하는 것이 이해가 불가능하다는 사실일 뿐이라는 모순의 상황에 처하게 만들기도 한다. 따라서 펜로즈 삼각형을 대할 때 우리는 언제나 그것이 존재하는 2차원을 초월하게 되는 동시에 3차원을 구성하고 있는 각 요소들의 불연속성을 인지하게 된다.

　「펜로즈 삼각형」은 바로 이처럼 현실의 단면을 드러내고 그 불연속적 측면들을 부각하고자 하는 '2차원의 시선'이 잘 드러나 있다. 우선 작품의 전반적인 배경으로 기능하고 있는 하늘이 비친 "수면"부터 인상적이다. 현실에서라면 주로 물의 맑은 속성으로 보이게 될 이 배경은 시인의 시선에 담기게 되면서 "표정이 자주 흔들리는 문"으로 기능하게 된다. 따라서 그 "문을 열고 들어"가게 되는 순간부터 흔들림 없이 고정되어 있는 것들이 현실을 지속해 나갈 수 있다는 믿음은 더 이상 불가능해진다. 그렇게 시인은 움직임 자체가 존재의 방식인 수면과 맞닿아 있는 현실을 포착해 낸다. 그 속에서 "구름"은 "물의 심장"이라는 새로운 기능을 부여받기도 하고, 나아가 수면 아래에 존재해 왔던 "물고기"와의 만남이 가능해지기도 한다. 다만 중요한 것은 또 다른 의미로의 변증적 도약이 아니라, 제목을 통해서 정우림 시인이 명확하게 강조하고 있는 것처럼 두 차원의 겹침과 뒤틀림 그 자체이다.

이는 자화상을 그리는 순간을 포착하고 있는 「흰 꽃병」에서도 확인해 볼 수 있다. 자신을 그리기 위해 시인은 먼저 "나를 낯설게 바라"보는 데에서 시작하고 있는데, 그려 나가는 과정 속에서 주체로서의 '나'는 점차 그 역할을 상실한다. 그리고 마침내는 "사각의 캔버스"와 역할이 뒤바뀌는 데에 이른다. 결국 "붓이 손에게" 질문을 하고, 캔버스가 "나를 끌고 다"니게 되면서 그리는 행위를 둘러싼 주체와 대상의 관계가 역전 내지 소멸되기에 이르는데, 이는 마치 에셔의 「그림 그리는 손」을 떠올리게 한다. 이처럼 정우림 시인의 시적 상상력은 「펜로즈 삼각형」에 직접적으로 표현되어 있듯, '어긋난 각'에 뿌리를 두고 확장해 간다.

추억을 따라 거꾸로 걸었다
신전이 된 도시의 골목길을

바람이 불 때마다
간판을 흔드는 굽은 길
발가락이 긴 야생의 언어를 찾아 떠난다
이름 모를 그와 함께
풍경의 불안을 찾는다

낮과 밤의 머리카락은
옆으로 옆으로만 자란다

한때의 젊음은
도시의 모든 것들과 맞서 싸워야 했다
헤어지고 다시 만나고 또 헤어지는 것을 결심하는
간절기가 뒤꿈치처럼 갈라졌다

불모의 장소에서는 질문이 메아리로 돌아온다
— 「이미지 유목민」 부분

　이 작품은 앞서 살펴본 정우림 시인의 상상력이 어떻게 확장되어 가는지 보다 상세하게 보여 준다. 작품 속에서 '나'는 "도시의 골목길"을 걷고 있지만 시선이 멈추는 곳마다 다른 차원에서의 존재들을 불러내고 있다. 그것은 도시가 생성되기 이전 과거에 존재했었던 "신전"이거나 또는 도시를 선택한 사람들에게는 버리고 떠나올 수밖에 없었던 "고향", 그리고 정해진 규칙들을 따라 살아가야 하는 도시적 일상과 대비되는 공간이라고 할 수 있는 "초원" 등 시간과 공간의 차원을 모두 포함한다. 거미줄처럼 촘촘하게 뻗어 있는 도시의 골목들을 갈라진 "뒤꿈치"로 포착하는 순간 "젊음"의 순간을 이끌어 내면서 현재와 과거의 시간을 마주하게 만드는 것처럼 말이다.

이 같은 시적 구성은 크게 두 가지의 태도와 관련되어 있다. 먼저 주제 의식의 측면인데, "도시의 모든 것들과 맞서 싸"우고자 하는 시인에게 도시 공간은 온갖 사물들로 가득 차 있음에도 불구하고 오히려 그 생명력을 잃어버린 "불모의 장소"로 인식되고 있다. 따라서 도시적 사물들에 시공간을 넘는 다른 차원의 의미들을 불러와 겹쳐 두는 것은 도시인들이 무심히 지나쳐 버리는 사물들에 새로운 생명력의 가능성을 시험해 보는 것으로 여겨진다. 청각적으로도 "질문이 메아리로 돌아"오거나, "낯선 골목에서/부드러운 환청을 듣"게 되는 것 역시 도시의 소음을 다차원적인 감각으로 만들고 있는 것처럼 말이다.

다음으로는 제목을 통해서 명확하게 드러내고 있는 것처럼 일종의 시적 구성 원칙이라고 할 수 있는 '유목민'적 태도이다. 앞선 언급대로 정우림 시인의 특징적 면모라고 할 수 있는 이 같은 방식은 파편적 이미지들로 구성된 도시 공간을 자유롭게 넘나든다. 따라서 작품의 주제의식과 별

개로 이 같은 상상력의 구조는 작품을 읽는 독자의 행위를 보다 적극적인 방식으로 이끈다. 말하자면 시집 『코카서스 할아버지의 도서관』를 관통하고 있는 유목적 상상력은 그것을 따라 읽는 행위를 통해 독자의 의미 영역과도 고스란히 겹쳐지고 있는 것이다.

구석에 숨어 있다
모퉁이를 돌아도 보이는 그림자

알 수 없는 자신을 찾아 나서는 길이라고
얼굴이 다른 몸을 찾아 나서는 길이라고

여행의 목적이 무엇입니까

푸른 여권이 검색대를 자연스럽게 통과한다고
캐리어에 담을 속옷보다 노트북이 더 부드럽다고

저를 잘 알고 계십니까

경계를 모르는 음악이 지도를 넘나든다

아무튼 찾아다니는 것이라고
나를 닮은 나를 찾아서 너에게 보여 주고
괜찮다고 위로해 주고

메일을 보내는 것이라고

너를 나로 편집하는 것이라고
중독된 너를 보는 것이라고

—「리플리증후군」 전문

정우림 시인이 펼쳐 보이는 특유의 상상력이 독자의 능
동적 읽기 행위를 유발한다고 했을 때 이 작품은 그 자체
를 하나의 시적 정황으로 제시하고 있어 흥미롭다. 잘 알
려진 것처럼 과장되거나 허구의 것을 진실로 믿으며 그것
을 유지하기 위해 거짓을 반복하는 행위를 리플리증후군
이라고 말한다. 영화나 드라마의 소재로도 자주 등장하는
데 주로 범죄 등 부정적 행위로 그려진다. 그런데 이때 우
리가 이렇게 받아들이는 이유를 고려해 보면 특정한 시점
의 문제가 깊이 연관되어 있음을 알 수 있다. 행위에 대한
판단이 사건의 전말을 확인해야만 가능하다면 전지적 관
점은 필수이기 때문이다.

하지만 이 작품에서는 '리플리증후군'으로 언급된 시적
정황이 '나'의 진술을 통해서만 제한적으로 전달되고 있다.
이로 인해 작품 속 '나'의 행위를 대하는 독자로서는 관습
적 판단을 유보하고, 현실에서라면 허황된 행위라고도 여
겼을 '나'의 행동이 사실 어떤 것과도 비교할 수 없을 정도
로 간절하게 "자신을 찾아 나서는 길"이었음을 목격하게
된다. 따라서 특정 사실을 증명할 것을 요구하는 강력한

통제로서의 "검색대" 역시 "아무튼 찾아다니는 것"이라는 '나'의 진술만으로도 그 기능이 "자연스럽게" 정지된다. 이때 중요한 것은 "나를 찾"는 과정이 일방향적으로 전달되는 주제의식으로서가 아니라 이와 같은 삶의 방식을 독자 스스로 판단할 수 있도록 제안되고 있다는 점이다. 태풍의 이동을 묘사하고 있는 「변이 지대」에서도 시인은 서로 이질적인 것들 위를 지나가는 특성에 주목하면서 "당신의 당신 사이"처럼 서로 다른 차이로 나뉘지만 그로 인해 만남이 가능한 지점들을 부각함으로써 자신의 시적 태도 자체를 독자와 적극적으로 공유하고자 한다. 이처럼 정우림 시인은 제한된 시선을 사용함으로써 "경계를 모르는 음악이 지도를 넘나"들듯이, 작품을 넘는 유목적 상상력이 독자를 직접 향하도록 만들고 있다.

이처럼 시집 『코카서스 할아버지의 도서관』이 유목적 상상력을 기반으로 독자의 참여를 이끈다고 했을 때 3부의 작품들을 주목할 필요가 있다. 3부는 모두 '소름'이라는 부제를 가지고 있는 연작시로 구성되어 있는데, 소재적 차원에서 말한다면 비교적 독자와 거리가 가까운 작품들이다. 가령 「흰 나비 두 마리」의 경우 "낮잠"을 주무시는 '아버지'를 바라보고 있던 과거 일상 속의 시선에 '아버지의 죽음'을 겹쳐 두고 있다. 그리고 작품 전반의 핵심적 이미지로 "흰 나비 두 마리"를 등장시키고 있는데 과거와 현재, 삶과 죽음 등의 경계에 구애받지 않고 이동하는 '나비'를 통해서 결국 '아버지'와 '나'는 어쩔 수 없이 서로가 서로의

126

삶과 죽음이 교차되면서 함께할 수밖에 없는 관계임을 드러내고 있다. 이 밖에도 「최후의 목격자」나 「저수지의 신발」, 그리고 「새 둥지 안에 세 들다」 등 끊임없이 벌어지고 있는 사회적 재난의 문제를 직접적으로 떠올리게 만드는 작품들을 통해서도 시인은 특정한 의미를 전달하는 것에 그치기보다 질문의 문장 형식이나 보편적 소재, 또는 동음이의어를 활용한 언어 유희 등의 다양한 기법들을 통해 자신의 시 세계 안으로 독자를 직접 끌어들인다.

초원에서는 구름이 말을 한다지 그 말귀를 잘 알아들은 말과 양 떼가 그 노래를 따라 부른다지 야크는 천천히 걸으면서 읊조린다지 눈 속에서 꽃대를 밀어낸 에델바이스가 여름의 눈썹으로 피어난다지 그렇게 천천히 푸른 풀밭을 산책하며 건너간다지 짧은 여름이 온다지 구름이 말을 건네면 풀을 뜯는다지 향기 나는 꽃은 먹지 않는다지 오물거리는 입가에 향기가 묻어난다지 구름은 어린아이 발자국을 따라간다지 바람의 손을 잡고 오래 기다린다지 밤에는 별의 어깨를 두드려 주고 그러다가 울기도 한다지 구름의 틈 사이로 번개를 치고 비를 쏟아 낸다지 아주 멀리서 다가온다지 구름은 초원을 어루만진다지 때론 빠르게 때론 무섭게 두드리다가 초원이 깜짝 놀라 길을 내고 강을 만들게 한다지 그러다 구름은 초원을 다독인다지 자라나는 어린 짐승들을 보살핀다지 초원에서 함께 뛰어논다지

　　　　　　　　　　　　　—「구름이 들려주는 시」 전문

127

그렇다면 독자의 참여로 만들어지는 시적 세계는 어떤 모습으로 그려질 수 있을까. 정우림 시인이 스스로의 창작 행위가 무엇을 지향하고 있는지 잘 보여 주는 이 작품을 그 답으로 제시할 수 있을 듯하다. 읽는 것만으로도 충분히 아름다움에 대한 만족감을 느끼게 되는 이 작품의 배경은 우선 유목적 상상력과 직접 결부되어 있는 "초원"으로 설정되어 있어 흥미롭다. 그리고 초원에서 확인할 수 있는 보통의 소재들이 한 호흡으로 나열되어 있는데, 그 과정을 그대로 따라 읽어 가는 것 자체가 감상의 핵심이 되는 동시에 시적 의미의 전체를 받아들이는 것과 동일하다.

　조금만 정리를 해 보자면, 먼저 "구름이 말을" 하는 것으로 파악된 청각적 심상이 "양 떼"와 "야크"가 "그 노래를 따라 부"르는 것으로 자연스럽게 확장된다. 이는 다시 "에델바이스"를 피게 만들면서 시각적 심상으로, 그리고 피어난 풀들을 뜯어 먹는 동물들의 "입가에 향기가 묻어"나는 후각적 심상으로도 이어진다. 하지만 "구름"은 "번개를 치고 비를 쏟아" 내는 원인이기도 해서 때로는 "초원"에 위협적인 모습을 가진 것도 물론이다.

　여기에서 중요한 것은, 작품을 읽고 난 뒤라면 등장한 소재들의 관계에 대한 새로운 인식을 피할 수 없게 만드는 시적 상상력과 그 구조이다. 문장 구조로만 보았을 때 인과적으로 연결된 존재들을 단순한 긍정으로 받아들일 수도 있지만, 실제 작품을 읽어 가면서 확인하는 것은 그 인과의 객관성이 부족하다는 사실이다. 그럼에도 불구하고 초원의 존재들을 연속적으로 인식하게 되는 이유가 바로 현실적 논리를 넘게 만드는 유목적 상상력 때문이다. 따라서 독자는 하나하나의 원인과 결과를 대응시키는 방식이 아니라, 어긋나 있는 그대로의 '불연속적 관계망'을 통해서 작품에 등장한 초원의 존재들을 인식하게 되는 것이다. 그리고 이 같은 인식은 필연적으로 독자를 "초원에서 함께 뛰어"놀 수 있는 관계망 속으로 참여시킨다.

시집 『코카서스 할아버지의 도서관』에 펼쳐진 시인 특유의 시 세계를 유목적 상상력에서부터 출발하여 살펴보았다. '유목'이란 우리가 흔히 이해하고 있는 대로 금기와 경계를 넘는 힘의 분출이라고 할 수 있다. 하지만 앞서 확인해 보았듯 정우림 시인에게 이 같은 상상력은 단순한 공간적 위상이나 일회적 힘에 그치지 않고, 일상적 질서라고 믿어 왔던 모든 것들에 불연속성을 가져온다는 데에 보다 큰 의미가 있다. 이로 인해 그가 보여 주는 시적 현실의 모습은 마치 노출된 단층처럼 그 이면에 작용해 왔던 힘의 논리들을 그대로 드러낸다. 그리고 이 어긋난 단면들은 독자의 읽는 행위가 보다 적극적으로 작품에 개입하게 만드는 가능성이기도 하다. 그렇다면 시적 상상력으로 현실의 윤리를 진단해 보는 일이 그 어느 때보다 더 필요해진 지금, 정우림 시인이 보여 주는 특유의 질문이 가진 힘에 좀 더 믿음을 보내도 좋을 것이다.